台灣小說·青春讀本

文學是文化的精華，起源於生活，扎根於土地。

遠流出版公司

總序

許俊雅

記得十年前我初次看到橫式台灣地圖時，心中充滿驚奇與喜悅，不僅因它像一隻充滿想像的鯨魚，我想最主要的是它打破我平常的慣性認知。我只能大約看出它的輪廓，圖中很多區域不明，煙嵐樹林飄散其間，經緯度雖然沒有現在的地圖清晰，可是也就相對不是那麼機械化。那是一張充滿想像的地圖。

這世界是豐富的，沒有找到的、不確定的，永遠是充滿想像的空間，讓人無限的憧憬。而文學的創作與閱讀也是這樣，作家在創造形式與題材上，不斷向自己挑戰，作品所留下的廣闊想像空間，有待讀者去塡補、延續，讀者則因各人不同的境遇、不同的學力、不同的生活經驗，同一部作品因人、因時而有不同的感受、領會，每篇文章具有雙重甚至多重的效果。

然而，近年我深刻感受到人類的想像力與創造力，隨著資訊的發達，影像世界無所不在的侵呑羈占，我們的想像與思考正逐漸在流失之中。想像力的激發與創造力的挖掘，絕非歸功聲光色的電子媒介，而是依賴閱讀，尤其是文學作品的閱讀。因此，我們衷心期待著「文學」能成為青少年生命的伙件。

青少年透過適合其年齡層的文學作品之閱讀，可以激發其想像力、拓展其生活經驗，使之產生心靈相通的貼切感。這樣的作品，不僅是他們傾訴、表達、質疑、宣洩情感的管道，同時也是開發自我潛能、了解自我，學習尊重他人與自然萬物和諧共處的途徑，通過文學的閱讀、交流，把心靈中美好的因素、崇高的因素調動起來，建立一種對生命的美好信心，及對生活的獨立思考。

我相信文學固然需要想像的翅膀凌空飛翔，但也唯有立於自身的土地上，才能感受到落地時的堅穩踏實。我們要如何認識自身周遭的一切呢？我固執地以為文學最能說出一個人內心真正的想法，透過文學去認識一個地方、一個民族、一群生活在這塊土地上的人們，遠比透過閱讀相關的政治經濟方面的報導來得眞切。因此這套《台灣小說・青春讀本》所選的小說，全是台灣作家的作品，這些作品呈現了百年來台灣社會變遷轉型下，台灣人的生活方式、歷史經驗、人生體悟、文化內涵等。

表面上看起來我們是在努力選擇，其實，更多的是不斷的割捨。割捨篇幅太長的小說，割捨隱喻豐富不易爲青少年理解的小說。「割捨」，使選編者不免感到遺憾，因爲每一位從事文學推廣的工作者，心中總想著帶領讀者進入繁花盛開的花園，而今可能只是帶來小小的盆栽，我們只能先選取這些作家這些作品呈現在你眼前。但有「捨」必然也會有「得」，「捨得」一詞可作如是觀。透過這一盆一盆的花景，我們相信應能引發讀者親身走入大觀園的興趣，而此時種下的文學種籽，值得你用一生的時間去求證、去思索、去體悟。

閱讀之餘，我們向作者致敬，由於他們的努力創作，讓我們有豐富的精神糧食，這時代除了儲存金錢、健康的觀念之餘，我們也要有儲存文學藝術的觀念，才能豐富生活，提昇性靈。我們也向讀者致意，由於你們的閱讀與參與，因此使所有的過程變得更有價值、更有意義。

〔圖片提供者〕
◎頁一一、頁一三，官月淑繪
◎頁一七、頁二〇下，賴君勝攝，遠流資料室
◎頁一九、頁二二、頁三三左上、頁四一、頁四六、頁六三，郭娟秋攝，遠流資料室
◎頁二〇上、中、頁二一，國立傳統藝術中心提供
◎頁二五、頁二八右上、頁二九左三（由上而下序）、頁三二、頁三四、頁三五中、頁七三，莊永明提供
◎頁二七，梅山鄉公所提供
◎頁二八右下、左二（由上而下序）、頁二九左二（由上而下序），林漢章提供
◎頁二八左三（由上而下序）、頁二九右下、頁四四除底圖中之外其他全部、頁六八，遠流資料室
◎頁二八左四（由上而下序）、頁三三右上，鄭世璠提供
◎頁二九上，台北二二八紀念館提供
◎頁三三右下、頁三三左下、頁五四，吳梅瑛攝
◎頁三五上、下，黃天橫提供
◎頁四五底圖中，國立台灣歷史博物館籌備處提供
◎頁五二、頁七二、頁七七，黃丁盛攝
◎頁六二，周舜瑾攝，遠流資料室

台灣小說·青春讀本 7
論語與雞
文／張文環　譯／鍾肇政　圖／劉伯樂
策劃／許俊雅　主編／連翠茉　編輯、資料撰寫／吳梅瑛
美術設計／張士勇、倪孟慧、張碧倫

發行人／王榮文
出版發行／遠流出版事業股份有限公司
台北市南昌路2段81號6樓
郵撥／0189456—1 電話／（02）2392-6899
傳眞／（02）2392-6658
著作權顧問／蕭雄淋律師
法律顧問／王秀哲律師 · 董安丹律師
輸出印刷／中原造像股份有限公司
2006年2月1日　初版一刷
ISBN 957-32-5715-7 定價 220元
行政院新聞局局版臺業字第1295號
（缺頁或破損的書，請寄回更換）

YLib 遠流博識網 http://www.ylib.com　E-mail：ylib@ylib.com

論語與雞

張文環

隨著拜拜的日子接近，即使沒有月光的晚上，村子裡的青年們也點上火把來練習舞獅，所以院子裡充滿著喧嘩的空氣。不管怎麼說，鑼鼓陣與舞獅都是祭典時最叫座的。小伙子們好像認定這是大顯身手的好機會，所以人人都在拚命地練功夫，因此從院子裡的各個角落，傳來刷刷的揮拳聲。

阿源的爹向來就是個功夫迷，因此祇要是練功夫的時候，阿源便可以獲得允許，出到外面去。平時吃過晚飯，祇能休息個把鐘頭，便得開始溫習論語。書唸

鑼鼓陣

鑼鼓陣顧名思義，就是敲鑼打鼓的隊伍，農業時代都由村民組成。鼓的變化有許多種，有大鼓陣、花鼓陣等。打擊鑼鼓樂器，主要是爲了塑造廟會熱鬧的氣氛。今日職業的花鼓陣（左圖）爲了吸引人潮，還常常來一段特技表演，贏得圍觀民眾滿堂彩。

得差不多了，以爲可以獲准休息，從大廳探出半隻頭，想聽聽大人們在聊的那些天南地北、古往今來的趣事，然而祇要被父親發現到，便會告訴他：小孩子快去歇吧，明天一大早還得上「書房」哩。因此，阿源總是渴盼著拜拜與月夜。

阿源的爹雖然雅好功夫，然而據說祖父認爲還是文比武有用，所以想讓阿源

的爹成爲一名文秀才，迫他躲在書齋裡，不肯輕易讓他出到外面。父親儘管被關在書齋裡，可是他不是打瞌睡，便是從記憶裡找尋出在院子裡練過的拳法，自個兒哼哼唧唧地練起來。結果嘛，文也好武也好，都成了半吊子啦——有時父親也會這麼向阿源發發牢騷。也是因爲如此，父親才不至於強迫阿源習武。

「阿源仔可以自由讀書，比起你阿爸來是幸福多了。」

有一次，過年回娘家的姑媽這樣向阿源說，阿源也

舞獅

舞獅是廟會必備陣頭，通常由三人合作，一人拿獅頭，一人拿獅尾，一人扮成童子，拿扇子和獅子玩耍，獅子或跳躍、或翻滾，十分可愛。仔細看獅頭的造型，傳統上台灣南部的獅子是閉口獅（左上圖），獅嘴不能活動，通常額頭上有「王」字。北部地區是開口獅，獅嘴可以開合（左下圖），其中客家地區的獅頭做成方盒形，又稱盒仔獅，幽默感十足。戰後，由大陸傳入的醒獅（左中圖）屬於廣東獅系統，獅頭以絨線做出毛絨絨的華麗造型，額有凸角，眼可開閉，是近年廟會的主流。

覺得好在沒有早生幾年。

「好像記得你阿爸像你這種年紀的時候，常常被打得哭泣呢。」

姑媽還這麼說。那也是古早古早的事了，如今家道中落，不再有靠從前那種大家族制度來維持一家的跡象，甚至連必須培養長子讓他做官的傳統也消失了。從前一個有錢人家，如果家裡沒有官老爺，財產便好像失去了保障，使人覺得不保險。以前確是有這種不自然的教育方法，可是現在連這樣的山裡的小村子，也在高喊日本文明，因此姑媽的話，在阿源聽來像是講故事似的。不過阿源與父親不同，看到人家在練功夫，自己倒不想練。在大家面前，出手出腳、使勁、

大拜拜

大拜拜是台灣重要的信仰活動，傳統的村庄、街鎮都有自己的大拜拜，有的是慶祝村中大廟神明的誕辰，有的是秋收後的謝神，有的是普度，有的是數年一次的作醮。每個地方大拜拜的時間都不一樣，共同的特色是熱鬧的氣氛。整個村落都爲大拜拜的來臨動了起來：練習廟會的陣頭演出、幫忙準備祭典所需。大拜拜當天，村中有神明遶境（如左圖），還有精彩的野台戲可看，各家庭也要準備供品祭神，拜拜完還有請客活動。

拚命地握拳用力，就好像皮影戲裡的角色那樣進前、後退、踢腿，他覺得好難爲情，實在沒辦法練。他祇喜歡在有月亮的晚上，在院子裡看看一大群年輕人聚集過來大吵大鬧的模樣。另外還有一點就是可以離開父親的眼光，自由自在地在人影中來回走著玩，這也是他所引以爲樂的事。然而，一旦祭禮過去，村子裡便又發出霉味來了。他眞想跟著那些演戲的離開。也

是因爲這樣，每逢有月的晚上，青年們便想起來似地聚到阿源家的寬敞的院子裡來。這樣的晚上，也就是阿源最快樂的時候。書房裡的同學們會來，連與他同年的書房先生的女兒阿嬋也會來。她每一次都一定站在阿源的身旁，看到有趣的事便偷偷地扯扯阿源的衣服，悶聲低笑，這使阿源對她覺得好親近。但是阿源總覺得阿嬋背上莊嚴地烙印著「先生的千金」幾個字，不能很大方地跟她搭話。因此每逢阿嬋向他說什麼，便好像被先生吩咐了什麼差使似的。阿嬋這邊卻

練功夫與陣頭

清代政府對台灣民間治安的管理十分鬆散，但民間的械鬥又十分頻繁，漢人多以村庄爲單位，發展出防禦組織，防止其他村落、族群或強盜的攻擊。傳統村落沒有像國家軍隊一樣的訓練系統，就用定期廟會的方式，來強化平時的訓練。像鑼鼓、舞獅等陣頭，現在看來像是表演，但這些陣頭練習的過程其實都含有拳腳功夫的訓練。台灣南部的宋江陣（左圖），持兵器操練，排列各種陣法，展現精實的武藝。

覺得阿源總是裝著持重的老成樣子，常用她那小女孩的天真模樣，要他做這做那的。四面環山的這個小村子，每當月亮升上來的時候，便明亮得好像在盆子裡撒下了月光似的。林子成了一朵黑影，湛著神秘沉在那裡。時不時地，有青年們的嗓音從其中響過來。阿嬋的面孔承受著月光，清晰地從一大群人影中浮現

著。

「阿源仔，我要做你的太太哩。」

有一次，阿源被邀去扮家家酒，阿源懷著忐忑不安的心，跟在阿嬋後面走去。他留心地察看先生是不是在看著，阿嬋倒一點也不在乎地拉住阿源的手就跑。

她說要去園裡的躲雨小屋。阿源覺得興趣缺缺。他祇是爲了不使阿嬋掃興，在阿嬋所吩咐的這兒站一會，那兒坐一下，學著新郎倌的樣子走步。阿源常常覺得，這麼任性的阿嬋與嚴格的先

皮影戲

皮影戲常常出現在大拜拜的場合，它是用皮革做成平面的戲偶，利用燈光照射戲偶，將影子投射到透光的紙面或布面上，經由影子的移動，配合演員的台詞、音樂，演出一齣齣引人入勝的故事。皮偶的材料有牛皮、羊皮、魚皮等，師傅要先將皮的脂肪除去、風乾，在皮上面畫出造型。皮偶的特色是側面造型，與其他立體造型的戲偶大不相同。畫好後在皮偶後面加上竹棍就完成了。

牛，父
女倆
竟會生活
在一起，眞是
不可思議。說不定先生太寵
女兒，沒法出手打她吧，他
想。阿嬋的父親與我的父
親，到底那一個更
疼孩子呢，阿

源也這麼想過。當然這也並不是由於阿嬋是個小女孩才如此，對她的弟弟，阿嬋的父親還是一樣態度。這麼想著想著，他忽地又想像到阿嬋長大後，可能眞的要來做我的太太呢。然而，阿嬋的父親雖然嚴厲，跟阿源的父親倒像是很親近的朋友，在路上碰到，也會和和氣氣地互相寒暄，這也使阿源覺得他與阿嬋之間確是有著某種連繫的。父親每次看見先生，一定請他對學生們更嚴格些。這就像是父親在唆使著脾氣暴躁的先生，阿源害怕讓同學聽到那種話。他眞不希望有

演戲謝神

傳統農村的娛樂活動不多，看戲是廟會活動中最令人期待的娛樂。為了廟會演出的戲，稱爲謝神戲，通常在廟前面演出。民間的戲團種類有歌仔戲、布袋戲、皮影戲、北館戲等。不論是哪一種戲團，謝神戲的演出，一定要先演一段扮仙戲（右圖），由演員扮成神仙，演出福祿壽三仙、天官賜福等，爲信徒祈福。

人會告訴他：你爸爸好壞。阿源還擔心，他們對父親的怨恨會加到他頭上。祇因阿源有這種抱愧的心情，所以在書房裡他是個好孩子，跟大家都和好相處，也好像受到先生的疼愛。在阿源的心裡，他是存心補償父親的壞處，所以從不想跟同學打架。也因此被認定是個懦弱孩子。每次看到同學被先生打得哭起來，他便覺得一顆心都縮成一團了。不過當他單獨與阿嬋在一起時，她說在學校裡最喜歡的就是阿源，使得他簡直不敢再正眼看她。阿嬋看來很聰明似的，但功課倒

熱愛鄉土的作家

張文環（照片右一）中學起即赴日留學，在日本時正當留學生政治文化運動全盛時，他參與東京的台灣藝術研究會等具左翼色彩的組織，並發行文學雜誌《福爾摩沙》，在雜誌上發表小說。他在日本待了十一年之久，一九三八年回台之後，他面對的是文學創作備受壓抑的皇民化時代。他從激情的左翼運動回歸到鄉土，大量發表創作，取材童年的梅山鄉村和回台後居住的台中都會，呈現他眼中的和理想中的台灣社會。

不怎麼好，因此有時候阿源禁不住地懷疑阿嬋是不是個小皮蛋。尤其是她今年九歲的那個胖弟弟，笨得幾乎教人想叫一聲小笨瓜。儘管這樣，可也從來都沒有看過先生打過他們。他有時也會在心裡向先生嘀咕一聲：到底還是人家的孩子好教吧。不管如何，阿源很希望能夠下山到街路上的公學校去唸書，戴上制帽，操一口流利的「國語」（指日語），好好地嚇唬一下這裡的鄉巴佬們。聽著那些「內地人」（指日本人）在交談，老是聽到克、魯、斯、卡（日本片假名クルスカ）

四個字音，所以書房裡的同學們裝神氣時總是聳起肩膀說是克魯斯卡。他們先說克魯斯卡，然後用台灣話說拿火柴來，那模樣，眞是神氣活現。

「克魯斯卡拿火柴來。」

但光是克魯斯卡實在不夠味，總覺得不像是說了「國語」。阿源好想看看有圖畫的書，也希望能夠在院子裡正式地玩——就是說：得到認可，在院子裡大吵大鬧一頓。也希望得到可以唱歌的公認，扯開喉嚨大唱一頓。更巴不得用顏料來畫種種東西。這種學校的

下山到街路

張文環筆下的鄉村與街路風景，取材自年少生活的嘉義梅山。梅山地區的村落散佈山間，張文環老家在山裡的太平村，最熱鬧的市集街路「梅仔坑」（左圖）則是在海拔較低的丘陵，於清康熙年間形成漢人村落。靠山吃山的梅山人，早期傳統產業大都與當地盛產的竹子相關，除竹筍外，竹材造紙是其中極具特色的產業，張文環家中亦從事造紙業。

讀書生活就是他所想望的，衹因書房的教育方式太單調了。在那裡，先生一天給同學用朱筆點四次教你讀。這就是「授書」。當然啦，這裡說四次，也衹是村子裡的孩子們，從山裡來的小孩子衹授書三次。最早的一次叫早學，早飯前大約五點左右就得上書房，同學們輪番煮好茶，然後去請先生。先生的住宅就在書房隔壁，必須去請，這也就是去稟告準備好了的意思。在煮開水的時候，另一個同學打掃。茶沏好了，先在孔子壇上供奉一杯，另一杯放在先生座席的桌

公學校——日治時期的初等教育

中國傳統的統治者希望人民聽話，因此不太希望太多人讀書識字，但是日治時期的日本統治者不是這樣想，他們積極的使教育普及化，企圖經由教育來改造台灣新生代，培養台灣人對日本的認同。一八九八年，相當於現在小學的公學校開始在各地設立，政府積極勸說台灣人將學童送入新學校就讀。

新的學習方式

公學校的出現，展開了一套與傳統教育完全不同的新學習方式：規定入學的年齡、固定的課程和教科書、專門的教室、統一的上下課時間、穿著制服。學生遵循學校排定的行事曆作息，全勤沒缺席的學生還能拿到獎章鼓勵（左、右圖）。這些都是傳統漢學教育所沒有的。

國語教育

日治之初，日本政府就確定了以「國語教育」作爲教育重心的政策，一直到統治結束都沒有改變。國語就是日語，希望經由教育的過程，讓台灣人學會使用日語和了解日本文化，達到同化的目的。左圖即爲公學校國語讀本。在台灣人武裝反抗平息、教育方針、制度確定之前，日本政府就已經設立國語傳習所、國語學校，培訓日語翻譯人才和老師，可見日人對國語教育的重視。

公學校教什麼

公學校共同的教育目標：「涵養國民精神、練習國語、訓練實用技能」。在此目標下，學生到學校除了修習國語、修身、歷史、地理等科目外，還要培養國民精神，參加朝會、學藝會、運動會、整理校園（下圖）等活動。左圖即爲運動會優勝獎章。朝會時要升旗（上圖）、做體操，還要大聲頌讀精神口號。經過天皇照片時，要靜默肅穆，不能嬉鬧。

不論課程或活動，內容都不斷強調、頌揚天皇的神聖性，灌輸愛日本國的思想。

上，然後才去請先生。先生睡眼惺忪地落座，一面啜飲一面抽一筒煙，就在這時同學們朗聲唸起來，先生不耐煩似地宣佈：大家把書拿過來。立時，讀書聲停了，同學們把翻開的書本抱在胸口一個個踱到先生桌前。有自信的先站出來，唸給先生聽。讀畢，先生便執起朱筆，發出鼻音般的嗓聲讀字句並加點。完了以後，先生就在那兒叭叭地吸著菸說：還有不會的可以拿來問。等了一會，都沒有人出來問，先生便出去了，於是同學們也向孔子一拜，一個個地回去。早上的太陽把屋子染紅，家家戶戶都可看見在籬笆裡，主婦們在餵雞。

祇有阿嬋的功課是自由的。她和弟弟睡在書房的一個房間裡，大家來到才吃驚地起來，首先回到隔壁的住家洗過臉，這才又過來讀書，但有時回去就不再過來。這樣的時候，他們必定滿臉不高興的樣子，彷彿是因爲正在好睡的時候，被一群小鬼給吵醒了。她是老大，所以很受父親驕縱。阿源覺得先生對自己的孩子們那樣放縱，實在沒有道理。當然，照規定上書房

書房——清代教育制度的餘韻

清代用科舉制度選拔官員，並且將考試、學校、進用三合一，通過全部過程的人可以從平民變官員，光耀家族。兒童先進入官辦的社學或私人的書房或義學，讀書識字。唸完後就可準備參加考試，通過縣考、府考、院考三關之後成為秀才。秀才就是官辦儒學的學生，在儒學中會舉行月考、季考、歲考三種考試，其中成績優秀的就被錄取成為貢生。貢生才有參加鄉試的資格，極少數人才能通過鄉試，也就是中舉，成為舉人。舉人通過會試、殿試後即為進士，分發到各地做官。

為什麼要上書房

在清代，第一步的啓蒙教育有社學、義學、書房等管道，在台灣，書房的數量最多，分佈最廣。想要讀書識字的人，大部分都是到書房去學習。因為能通過科舉層層關卡而做官的人實在太少，許多人並不是為了科舉去唸書，而是為了具有基本的讀寫能力，以後可以在民間書記、記帳等工作。到清末時，台灣曾經到書房唸書的人大約佔總人口的一成二。

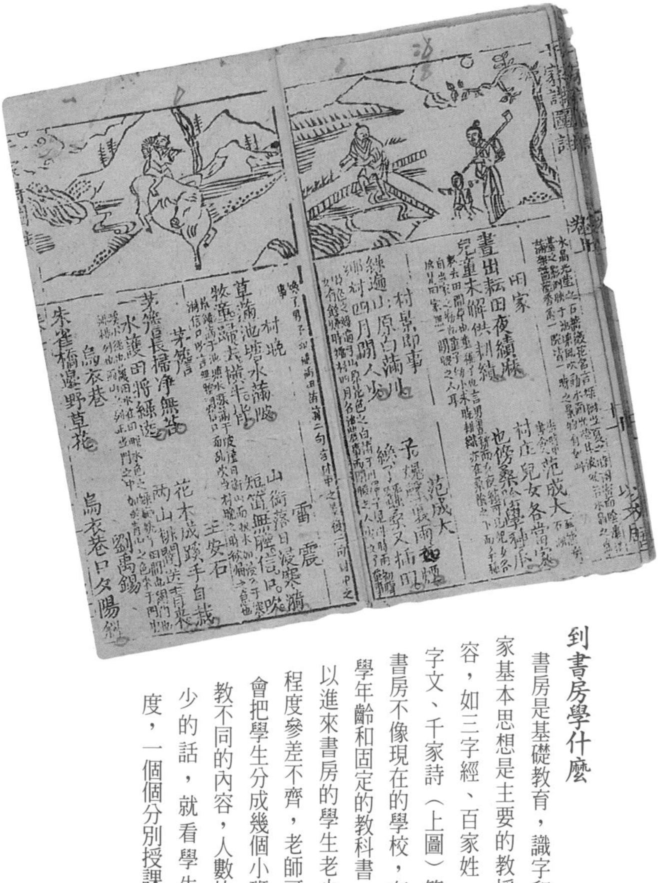

到書房學什麼

書房是基礎教育，識字和儒家基本思想是主要的教授內容，如三字經、百家姓、千字文、千家詩（上圖）等。

書房不像現在的學校，有入學年齡和固定的教科書，所以進來書房的學生老少、程度參差不齊，老師可能會把學生分成幾個小班，教不同的內容，人數比較少的話，就看學生程度，一個個分別授課。

日治時期書房的發展

日本入台後，書房失去準備科舉的功能，單純成爲學習漢字與傳統義理的地方。日人設立台灣人就讀的公學校，對於民間的書房，政府沒有強力禁止，但爲了吸引台灣人轉到公學校，特別在公學校裡設了漢文科。雖然如此，在日人統治的前二十年，到書房唸書的學生並沒有減少，反而還有增加的趨勢，直到一九一七年以後，台灣人逐漸接受新式教育與觀念，學傳統漢文的學生人數開始大量減少。一九四一年，日治政府明令禁止，書房正式走入歷史。

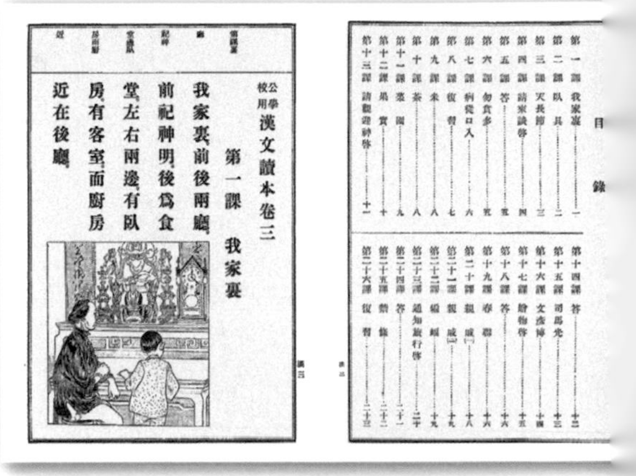

目錄

第一課 我家裏……一
第二課 臥具……二
第三課 天長節……三
第四課 請來談啓……四
第五課 答……五
第六課 勿貪多……五
第七課 病從口入……六
第八課 復習……七
第九課 米……八
第十課 茶……八
第十一課 棗園……九
第十二課 果實……十
第十三課 請觀迎神啓……十一
第十四課 答……十二
第十五課 司馬光……十三
第十六課 文彥博……十四
第十七課 贈物啓……十五
第十八課 答……十六
第十九課 春聯……十六
第二十課 親戚(一)……十八
第二十一課 親戚(二)……十九
第二十二課 蝙蝠……十九
第二十三課 通知旅行啓……二十
第二十四課 答……二十一
第二十五課 燕巢……二十二
第二十六課 復習……二十三

公學校用漢文讀本卷三

第一課 我家裏

我家裏，前後兩廳，前祀神明，後爲食堂，左右兩邊，有臥房，有客室，而廚房近在後廳。

台灣書房的型態

台灣的書房一般是設在主要出資召集的人家中，也提供村民就讀。規模大一些的由家族出資成立，設在祠堂中，主要供族內的子弟就讀。更具規模的會籌建獨立建築，通常正式名稱爲書院（左上圖，台北萬華「學海書院」）。書院並不是清代制度，因此清政府剛開始採禁止態度，後改採收編方式，將部分書院定位爲供貧苦者就讀的義學（右上圖、左下圖，位於板橋）或官辦的社學，由官方出資或合資，便於控制。即使如此，民間自辦的私人書院仍然盛行。

不是簡單的事。正式上學的頭一天得得帶些蛋一類的供物，先拜過孔子才開始過讀書生活，而這以後非得好好下苦工便沒法趕上人家，也許就是因爲這個緣故，先生不得不顧慮女兒的體面才那麼放任她的吧。阿源猜想，她一定是沒有正式入學的。總之，村子裡的孩子們最難過的是早課。冬天太冷，夏天大清早的時候也正是最想睡的時候。懂得睡的味道的人總說黎明時分最好睡。小偷如果沒有能看準剛入睡的時候下手，便多半揀這個時分來。不過在阿源來說，早上來

到書房生火煮茶，是最討厭的活兒。煙嗆得人怪難受的，而且木炭又不容易點著。加上非最早來到便趕不及，所以老覺得心裡緊張不踏實。有一次因爲剛好火柴用完，使他慌了手腳。廚房的一半充作同學們的房間，正中是先生的房間，先生的鄰房就是男生的房間，裡頭有一隻用木板做成的床，姊弟倆似乎就是在這裡睡覺。早上阿嬋起來以前同學們很少進到

新時代的舊文人

接受傳統漢學教育的知識分子，在白話運動的新文學出現後，有人轉而投入新文學的創作，也有人仍繼續維護傳統漢學，爲漢文詩耕耘。這些舊式文人懷抱著傳承漢文化的使命感，成立詩社，舉辦吟詩會（右圖），出版詩文集（左圖）。但也有些舊文人對日本人極盡逢迎拍馬，詩作失去眞性情、眞生命，引發新文學運動者的不滿。

這個房裡，阿嬋多半有人來打開廚房門的時候被吵醒。有一次阿源來這裡找火柴，看到正在酣睡的阿嬋睡姿，禁不住好笑起來。因爲一個女孩兒人家，也睡成一個大字。就好像一隻小青蛙翻轉過來，還把一隻腿多麼舒服似地擱在弟弟的肚子上。他覺得弟弟這樣子太可憐了。擱在肚子上還好，萬一擱在喉嚨上，豈不叫弟弟窒息了？阿源好想把阿嬋的腿移開，但還是免了。爐子生好了火以後，阿源把火柴送回去。腳步聲使阿嬋猛地醒過來了，彈簧一般地收攏了手腳又端端整整地入睡了。阿源噴出了笑。

「你壞！」

因為阿嬋的嗓門太大，阿源一驚，放下了火柴就跑回廚房，在爐子前手押雙膝拚命地忍笑。阿嬋不曉得什麼時候進來了，用力地推了一把阿源。

「不是的，我是去拿火柴的。」

這時，輪到打掃的阿標進來了，阿嬋的臉繃得更緊，悻悻地睨住阿源。

「阿源，進了人家房裡就得把人家叫醒才是啊。悄默

聲地像鬼魂一般，嚇了人家一跳。」

「我不幹，先生可沒叫我叫醒妳啊。」

「你壞！」

阿嬋怒沖沖地出去了。阿標不知就裡，光看到女生罵男生，鼓起掌嘿嘿嘿地高興起來了。

「別這樣，先生會聽到呢。我是去拿火柴的，那個小氣鬼就發怒啦。」

阿源說著一腳踢開了那隻空火柴盒。阿標功課差，很怕先生，所以就靜下來了。他搬出了掃具，開始打

書房的學習方式

在書房上課，沒有像學校一樣的固定上下課時間，也沒有固定課表。主要活動是在講堂（左圖）聽先生（老師）講經書，其他時間學生在學舍中自己排定進度自習，每個月還需接受先生考試。書房沒有畢業時間，也沒有畢業證書，通常由家長視狀況決定學生的學習年限。

開門窗。

這一天阿嬋沒有來讀書，大家要回家時她才悄悄地溜到門邊。阿源向她送了個笑，她卻不搭理，他再次回頭看了她一眼，她嘟起嘴扮鬼臉，使他覺得這小妮子好討厭。不過阿源倒覺得第一次懂得了男生與女生性格方面的不同。女生是討厭被男生看到睡臉的，阿源有點難為情起來，便跑起來了。剛才大太陽還掛在山上的，不曉得什麼時候湧起了雲，整個天都像是會下雨的樣子。再也不跟女生說話了，那只有受辱，如

果父親看到他受阿嬋侮辱，一定會被揍的。父親一定會這樣罵他：就因爲你是個戇呆，所以連小妮子也瞧不起。阿源這麼想著，在大家已經落座的餐桌邊坐下來。

「阿源，唸到那裡了？」父親忽然開口，阿源吃了一驚往父親那邊看過去。

「唸到鄉黨第十了。」

「鄉黨第十的那裡呢？」

「鄉人飲酒，杖者出，斯出矣。」

「嗯，是講禮貌的地方。」

「是。」

看到父親的臉色漸漸溫和起來，阿源這才鬆了一口氣。

吃過早飯出門時，天空好像低垂著。下起雨來，對來自山裡的同學們雖然不好，但阿源還是會高興起來。山裡的同學的父母親，通常都是把孩子驅向書房的，所以即使是雨天，書房裡缺課的還是很少。

「束脩都給了，不去唸，只有讓先生撿便宜，而且一本論語也老是唸不熟。快去。」

父母親們總是這麼說。意思是：如果不去，不但功課不進步，還沒辦法把先生的學問全部學過來。如果學生都這麼差，那就隨便誰也可以當一名先生啦。儘管不能把四書五經全部唸完，只要學會一本論語，教那些蹩腳學生，還是十分管用。讓先生老是拾便宜，整個村子裡都臉上無光彩啦。因此，即令下了雨，縱不至於捨不得束脩，但是做爲家長，孩子應該得的，還是希望他們能得到。然而一旦下了雨，村子裡的雜

雜貨店

日治時期，小村子裡唯一的店可能就是雜貨店，賣著各種民生用品，如糖、米、油、菸酒、醬油、電燈等都可以在這裡一次買齊。右圖即雜貨店的廣告。店門口可能還會擺兩張長條椅凳，讓村民聚在這裡閒聊，儼然是村子的資訊交流中心。日治時的專賣物品要有牌照才能販賣，所以看到像圖中的商店一樣，屋簷下掛著「酒」、「煙草」的牌照，就知道雜貨店到了。

歐米雜貨
松原商行
内外文具
歐米雜貨
五端日進堂
臺南三四街
酒井利吉郎商店
電話四八番
振替四九番
和洋酒類
食料罐詰
雜貨雜穀
酒類釀造
卸
小賣
雜貨商
有田商店
電話二二番
和洋雜貨卸小賣
電赤燈
長谷川商行

貨店口，賣起了炸豆腐，老人們便聚在那兒賭起錢來。他們吹著氣吃剛出鍋的炸豆腐喝酒，先生當然也不能不參加他們。先生喜歡喝酒，並且很會說些故事讓大家高興，講到列國、三國，大家便會停止賭錢，各出一份錢買炸豆腐和酒，在那兒享受一番桃園三結義的氣氛，於是店頭便辦喜事一般地熱鬧起來。那

種熱鬧勁，加上忙碌地打在地面的雨腳，先生的嗓音便越發地增加一份熱力。阿源的爹也被這種氣氛吸引著，打著雨傘來湊這個熱鬧了。至於書房，再也沒有人管了。每逢這樣的時候，阿標便從孔子的神案上取過戒尺，在先生的房間演起大戲來。同學們個個笑得東倒西歪，連女生也雙手抿住小嘴，讓肩膀顫動著。阿標更得意了，扯起喉嚨學關公的樣子。從山裡來的一位大女生，因爲大聲笑得難爲情了，只好躲進廚房裡去。笑聲還從那兒傳來。就這樣，書房沸騰起來。

書房的祭祀

書房傳授儒家經典，按理崇奉的應該是儒家的先聖先賢，但因官辦的儒學祭祀先聖孔子了，私辦的書房都不敢祭祀孔子，改以祭祀先師朱子較多。此外，規模較完整的書院還會在後院興建文昌祠或魁星閣（如右圖），或置於最後一進，祭拜庇祐學習、功名的文昌帝君或魁星爺。書院在開館、開講時，都需由先生帶領學生進行祭祀儀式。

阿嬋當然不曾向父親告狀。先生娘碰到這樣的雨天，最大的樂趣便是到鄰居去串門子，就是在家，大家也不怕，因爲先生娘也不會告狀。但是，當一名大男生坐在先生的位子上，握起拳頭擂了一記桌子，大叫一聲「安靜！」的時候，整個書房裡以爲是先生回來了。很快地，有人說「這傢伙」，於是笑聲又揚起來。阿源好笑起來就想小便。這時的書房，已經沒有先生、學生了，好像成了無政府狀態，只有女生們成了笑聲的伴奏者，好不容易地保持著秩序。阿源來到廚房，開玩笑說：不要連通往廁所的門也堵住了，女生們便一股勁地逃開，各各回自己的座位去。只有阿嬋倔強地留在那裡。阿源不管這些，出到後門外，在屋簷下站著，掏出傢伙，將暖暖的小便撒向在雨裡顫抖的野芋頭葉子上。對面的林子在雨中一片迷濛，草木像是在痛苦傷心著。阿源根本就不把阿嬋放在眼裡似地，看著從褲襠間落下的細細的一條瀑布，希望能跟雨腳競爭競爭。解完了，穿好了褲子，避著阿嬋的眼光進到廚房裡，大家還在吵個沒完。他瞟了一眼阿嬋，她正在鼓著腮膀子，好像對他起了敵意。眞可惡。幹嘛忽然恨起我來了呢？

「別理她。」

阿源把眼光投向同學們的嬉鬧，大聲叫好。

「討厭！我可要告訴人家啦。先生沒在就吵成這個樣子。」

人家當然是指她的父親。她的意思是先告訴人家，然後由他來告訴父親。阿嬋的叫喊使得大家忽然怔住了。連女生們也似乎在窺伺著阿嬋的臉色。雖然她的

威嚇是間接的，並沒有假父親的威，但看起來她還是很惡毒。雨似乎變小了，先生從黃昏前的村道回來。把風的小鬼趕來通報，阿標這才慌忙地將戒尺放回原處，箭一般地竄回自己的座位。書房裡沉入穆靜的秩序裡。先生浮著滿意的笑進來。同學們示意的眼光互碰，胸口好像被呵了癢似地咬緊牙關緊閉著嘴巴。

中元近了，村子裡忽然增添了活力，人人都忙起來。

傳聞說，爲了過節所須的費用，大家都忙著幹活，

中元普度

中元節並不是固定的一天，而是整個農曆七月，中元時舉辦的普度是各地方一年一度的盛事。人們相信中元時鬼門關會開啓，孤魂野鬼會到人間來找東西吃。台灣許多先民在艱困的開墾中死於自然災害、人爲械鬥、傳染疾病等，對於無人祭祀的先民鬼魂，民間以中元普度或作醮普度表達心意。普度儀式十分盛大，即使平日手頭不甚寬裕，普度時也要準備豐盛供品祭祀。圖爲普度時的放水燈儀式，是爲招引水中孤魂上岸接受香火，十足顯現台灣的人情味。

甚至還有人不惜去偷人家的東西。一天下午，原來靜謐的書房四周突地吵鬧起來了，好像有人在大聲互罵著，同學們的眼光便從窗口瞟出去。因爲那叫罵聲太兇，所以先生便也擱下筆出去。是陳福禧與鄭水聲在吵架。臉頰下陷的陳，表情因發怒而蒼白著。鄭水聲也因爲受到激烈的侮辱，憤怒地沙嘎著嗓門。陳說，鄭今天早上砍來的竹子，一定是在他的山裡砍的。鄭則辯稱是自己山裡的。兩人一起進派出所去了。派出所就在書房隔鄰。看熱鬧的人們很快地就把派出所的

前面圍住。由於先生出去了，所以同學們也擱下書本，擠到窗邊看出去。兩人的怒吼聲從派出所的籬笆溢出來。雙方在所裡爭論了好久好久。警官沒法可施。只好在一旁看著兩人爭得面紅耳赤，根本就沒法判斷誰對誰錯。這使陳急起來了。

「好，那就到有應公那兒去斬雞頭咒誓吧。」

陳這樣的提議，鄭只好一口答應。如果鄭沒有偷我的竹子，我誣賴他偷了，那麼雞的靈魂便向我作祟，如果鄭眞地偷了，那麼雞的冤魂啊，去找鄭好了。這

有應公廟

傳統觀念認爲人死後應該要受到後代祭祀，如果無人祭祀就會成爲無主的鬼魂，在外作祟。因此，如果地方上出現無人認領的屍骨，善心人士會將屍骨下葬，並且建一座小廟，使鬼魂能接受人間香火的祭拜，不用飄零在外，這就是民間所稱的有應公廟。早期台灣生活不易，許多單身來台卻不幸亡故者無人收屍，有應公信仰更反應了民間對於客死異鄉的同情。

是陳要發的咒，鄭發的便是反過來的。兩人之間便成立了這可怕的斬雞頭的誓，即使是無罪的人，這麼做了便等於把作祟分攤在雙方，因此非到十分嚴重時，輕易不會去做這種重誓的。由於是陳提議的，所以他的家人非常擔心。在村子裡，陳算得上是有錢的人，區區幾根竹子，實在犯不上這樣爭吵，可是一旦說出來了，便只好做下去了。最後兩個人都鐵青著臉從派出所出來。警官無可奈何，只好同意兩人，於是很快地他們就花了錢，買來了雞，由陳提著。鄭手上抱著香與銀紙，看熱鬧的人們便跟在兩人後面走去。先生和同學們都從來沒有見識過這種可怕的場面，便也全部跑出來加進行列之中。這個村子離有應公好遠，一行大約三十個人看著爲首的兩人互相咒罵，走過村子，過了小橋，爬上右邊的山上。村子裡微冷的空氣拂過了這一群好奇的人們臉上。

「準備好了吧。」陳說。

「還用說的。難道你怕了？」

「廢話！」

兩人又開始了唇槍舌劍。

「算啦算啦，已經決定這麼做了，也就不必再這麼吵啦。」

先生擺出和事佬面孔說，一群人也就靜默下來了，只有溪水的琮琮聲在林梢上盪漾著。女生沒有一個跟上來，男生倒全部到齊了。

「孩子們也可以看嗎？」

有人這麼問了先生一聲，阿源心中一楞。

「見識見識也是應該的吧。」

先生臉上確實掠過一抹後悔之色，他一直沒察覺到有這麼多學生們跟上來。他所看到的都是沒有進書房讀書的，根本就沒想到有十五個敬畏他的小孩跟來了。其實，同學們是一群人出了派出所，正要踏出村子一步時，才避著先生的眼睛走出了書房的。來到半路上，先生才發現了一兩個，可是自己都來了，實在不好罵學生。此刻先生說出了見識兩個字，同學們這才深深鬆了一口氣，於是村子裡忽然因小孩子們的聲音而熱鬧起來了。

村子裡的有應公在崖下的山洞裡，來到此地，令人覺得全身汗毛直豎起來。那是因爲有人說過，洞穴裡有一股冷風吹出來。林蔭下的山洞黑黝黝的，洞口上面橫掛著一塊紅布條，上面寫著「有求必應」四個字。洞口前面擱著好幾塊大石頭當桌子，洞口有五、六個骨罈子。阿源覺得人這麼多，還好過些，萬一只一個人，實在沒法待下去。陳與鄭兩人在石塊上放下了雞與銀紙，點了蠟燭，在洞口的香爐上插上了香，人們聽到石頭上的雞不時地拍動翅膀，發出啼聲，感

斬雞頭，發重誓

民間信仰中，人們相信有一套陰間司法系統，爲惡的人縱然在世沒受到制裁，死後主掌司法的神明，如城隍爺、東嶽大帝，也一定會將他打入地獄受苦。城隍廟因此十分陰森，廟中的匾額（右圖）、柱子上掛的刑具、枷鎖（左圖），都使人不寒而慄。民間也相信壞人不敢在廟前說謊，因爲神明同樣會主持陽間正義，懲罰壞人，讓壞人得到慘痛的報應。因此，當發生糾紛時，人們爲了表示自己的清白，就會到廟中以「斬雞頭」儀式，在神明面前發下重誓，表示如有謊言，下場與這隻雞相同。

到一股陰森森的氣氛。陳鄭兩人都是剛從園裡來，腰邊還繫著刀架。刀架上插著刀，可見兩人都不是到園裡幹活去了的，否則刀架上的必是鎌刀才是。大家摒著氣息看守著，除了陳與鄭兩人的賭咒以外，沒有人開口。阿源無意間抬頭一看，藍天在林梢上窺望著。陰暗的林裡濕氣好重，阿源想到萬一斬雞完了以後，大家害怕起來拔腿便逃，那時要怎麼走呢？他用眼睛搜了搜

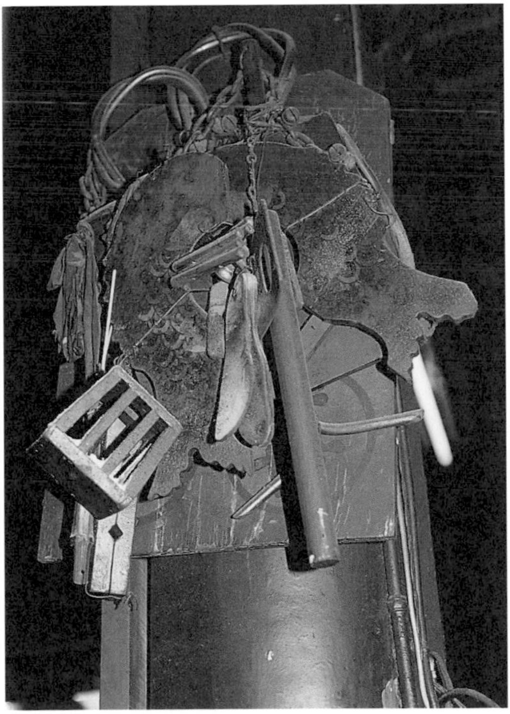

四下，也回過頭找了找。爲了逃時能走在眾人前面，他推開人群，去到最後，站到一顆石頭上，從人家肩頭上看這個場面。香煙忙碌地搖晃著上升。雞像察覺到了自己的使命，不住地在拍打翅膀。陳回頭看了一眼鄭，抓起掙扎著的雞說：

「你先來。」

「不，還是你先。」

「好。」

陳的右手繞到腰後，拔出了刀，左手抓住雞腳，把雞頭擱在石頭上，說時遲那時快，右手一揚便劈下去。以爲雞頭會飛開，其實並沒有砍斷。據說：這種血是不能被噴到的，所以觀眾往後退了一步。

「換你啦。」

鄭接了過來，擺好同樣姿勢，唸過了咒語，然後舉起頭，往垂落下來的雞頭砍了一下，並把雞拋開。這一瞬間，雞又蹦又跳地滾進竹林下面去了。就在這時，阿源看到了料想不到的情景，禁不住地楞住了。有個人雙手划開竹林，好像追趕那隻翻滾蹦跳的雞似

地往崖下跳下去，把那隻半死的雞撿起來。這人竟然就是先生。眾人把先生留下，急步下山走了。阿源感到一種幻滅的悲哀，也覺得阿嬋太可憐了。她有這麼一位齷齪的父親，而他自己也有這麼一位先生，這是多麼窩囊的事。阿源讓緊握的手心滲著汗，走過竹林，穿過林子出到小橋。同學們好像突然想到鬼魂似地跑起來，阿

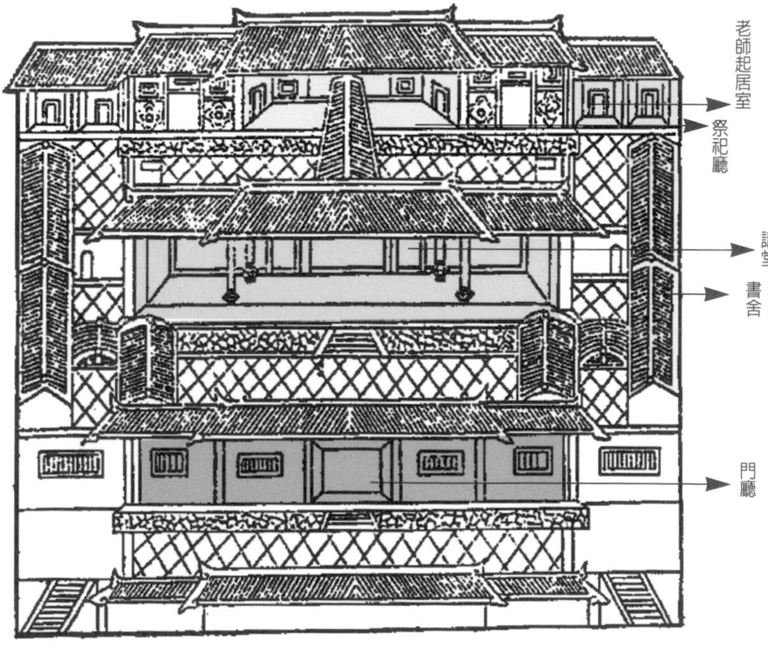

源也只好留心著腳邊跑。他一直都想跑起來的，但是看著陳和鄭兩人在草上拭刀血的蒼白面孔，彷彿覺得祇要他們跑起來，那兩個人便會追趕過來似的，所以提心吊膽地移步。村子裡依然是一片和平的空氣，大家這才放心了。已經是黃昏時分。同學們好像回到了老家似地進了書房。是授書的時間了，可是先生遲遲不見回來，想來是幫著先生娘在扯雞毛吧。有個同學去阿嬋家偷看，果然不出所料，先生正在廚房替雞洗澡哩。

書院的空間配置

台灣的書院通常是兩進或三進的建築，第一進是門廳，第二進是講堂。祭祀先聖孔子、先師朱子、文昌帝君或魁星的空間可能在第三進或附屬於講堂。兩側的廂房則作爲書舍（類似自習教室）、鄉賢的祭祀、寢室、廚房等用途。傳統書房師生同住，老師的身教與修養也是教導的一部分，老師需全力投入教育，沒有上下班的分別。

「阿嬋，妳家晚上有肉哩，雞肉啊。」

有人向阿嬋說，可是她似乎一點也不在乎的樣子。先生流著口水在拔雞毛哩，這樣的耳語使得阿源再也不想在書房裡待下去了。就溜回去告訴父親吧，卻下不了決心，只好茫茫然地看著大家在交頭接耳。他弄不懂自己爲什麼會不時地讓眼光瞟向阿嬋。看到她始終緘默著，卻又覺得阿嬋還是有點可憐。

過了一會，先生匆匆忙忙地進來了，倒看不出有什麼特別的表情。好像比往常遲了些時候，先生還是吩咐大家帶著書本過來。也沒有聽大家唸，馬上就提起朱筆給大家點新的一頁。如果從家長這邊來看，很明顯地是先生的一種怠慢，可是在同學來說，這倒是很叫人高興的事。授書過的同學，一個個回去了。

阿源回到家時，廚房的煙囪忙碌地冒著火煙，灶孔裡的火熊熊地燃燒著。母親早已知道阿源他們跟著咒誓的人去看熱鬧，不免訓誡了他幾句。阿源從母親的臉色察看到，跟先生一塊去是對的。要不是這種臉色，屁股準又會狠狠地挨一頓揍了。

「沒問過父母親就跑到那麼遠的地方去了。萬一出了什麼事，那可怎麼辦呢？不孝順的孩子，沒有人願意去理呀。」

母親裝著冷冷的樣子，和嬸嬸她們一塊準備晚餐。因此，「媽，我肚子好餓了。」這話，也出到喉嚨就嚥回去了。在書齋裡擱下書本出到大廳，父親正在和幾個客人談著話。敬過禮後，心口是鬆了些，但老覺得父親的眼光射向自己的臉上，有點不安。想拿了面盆去廚房打洗臉、洗腳的水，卻又覺得提不起勁，幾

乎想哭出來。阿源又差不多成了個還沒有被打就先哭的愛哭蟲。他懊悔去看熱鬧。女生們都可以忍著不去，爲什麼我就忍不住呢？阿源像個怕被看到的小孩，默默地洗過了腳，看準大人們坐定，這才在餐桌邊落座。

「這位小朋友就是大少爺嗎？」

一位爸爸的朋友問。

「是的，不過還有一個更大的，生下後一個禮拜就壞掉了，所以還是算大兒子吧。」

破除迷信

日治時期的知識分子接受西方思想的洗禮，對於台灣民間的信仰行爲多採取否定的態度，認爲要促進台灣文化的進步，一定要破除舊迷信。諸如迎神廟會、燒紙錢（右圖）等，都被看做鋪張浪費的行爲。一九二九年，重要的政治文化運動家蔡培火在台南舉行反普度演講會，發行反普特刊（左圖），呼籲民眾停止普度等活動。時至今日，民俗不再被視爲迷信，尊重民俗已是社會共識。

父親的眼皮因酒微微泛紅了。聽父親的口氣，阿源稍稍放心了。

「阿源，聽說今天出了件事是嗎？」

「是，可是先生爲什麼要撿那種東西吃呢？」

阿源的口氣明顯地含著一份憤然之意。

「嗯，先生說他是信奉道教的，也不曉得可靠不可靠。」

「不，祇是饞嘴罷了。」

一位叔叔說。如果道教的人都這樣，那這種「教」

眞叫人討厭。阿源總算完全放心了。飯後，他有意無意地黏在母親身邊，討好地向母親搭話。

「阿源眞有心機哩。」

被母親一語道破，所以他向母親露出了笑。

「做了壞事就拚命討好，想矇混過去是不是？下次再做壞事，一定不原諒你。」

「是，媽媽，我不敢了。下次一定先得到許可。」

母親好像已經忘了阿源的事，跟一位阿婆商量鄰居的女兒結婚的事。院子裡已經垂下了夜幕，插在牆上的拜過天公的香，在漆闇裡描著三顆紅點。

阿源總算平安上了床，可是白天殘忍的一幕烙印在腦海裡，使他恐懼。好想請父親早些進來，可是父親在微醺裡正和客人聊著三國志裡的孔明。也許太累了，不知不覺間還是入睡了。阿源在夢中驚跳了起來，可是父親的溫暖的巴掌在無意識裡拍了拍他的肩，把他搖醒了。他感覺到守護著自己的父親那溫柔的力量，心又平穩了，便再次落入靜靜的睡眠之中。

第二天早上，爲了早課上書房路上，阿源忽地想起

拜天公

天公是玉皇大帝，祂是所有神明中地位最尊貴的。天公爲尊，到廟裡拜拜，都要先向外拜天公，將香插在天公爐中，再拜廟中神明。結婚、作大壽、作醮時拜天公亦是重要的儀式（左圖）。在家中一樣要拜天公，傳統的三合院建築中，天公爐有吊在正廳上方，或前院的圍牆上，或設香筒在正廳門外，早晚一柱清香，向天祭拜。每年農曆正月初九，是「天公生」，這天凌晨，家家戶戶要在門前準備五牲、五果、麵線、糕點，祭祀天公，燒化天公金後燃放鞭炮，熱鬧非凡。

了昨夜的夢。那是阿嬋在啃著昨大那隻雞腿的夢。阿源眞不想上書房了，但書房裡倒一如往常。

不久，發生了一件以書房爲中心的重大問題。一連落了幾天雨，雨停後的某天，來自山裡的學生家長們表示要輟學了。說男孩了還小，路遠不保險，讓姊姊來又不放心，結果書房裡有一半同學給帶回去了。尤其女生全部退學，祇剩阿嬋一個人楞楞地坐在那兒。根據他們的說法，書房變成了戲班的練習場，不適合女孩子的教育。先生當然不會在同學面前勸誘家長

們，不過倒也說明了教育的眞義，想讓他們回心轉意，他們卻根本不肯聽。因爲如此，有一陣子書房像老阿婆的頭髮，疏疏落落怪寂寞的，同學們的讀書聲也變小，而且失去了彈力。是不是由於雞的事，對先生感到失望了呢？不過聽山裡的家長向阿源的父親提到的說法是：有一天下雨的日子從街路回來，路過書房前面，發現到書房裡成了一所娛樂場，孩子們不但談不上學習什麼禮儀，反而很可能學會了壞事。阿源聽到父親也同意了這種說法，還表示將來希望能搬出街路做做生意，一方面也是爲了小孩讀書方便。阿源在書房裡的桌上想著這些，把眼光投向窗外，院子裡正有幾隻雞在玩砂呢。

——本篇原載《臺灣文學》第一卷第二號，一九四一年九月出版

張文環創作大事記

一九三三年　發行《福爾摩沙》雜誌，在創刊號發表小說〈早凋的蓓蕾〉。

一九三四年　在《福爾摩沙》第二號發表小說〈貞操〉。

一九三五年　小說〈父之顏〉入選東京《中央公論》小說徵文第四名，引起台灣文壇注目，將其改寫以〈父親的要求〉爲名發表在《台灣文藝》。發表〈自己的壞話〉、〈哭泣的女人〉於《台灣文藝》。發表〈重荷〉於《台灣新文學》。

一九三六年　發表小說〈部落的元老〉、隨筆〈被迫用上的題目〉於《台灣文藝》。

一九三七年　在《台灣新文學》上發表〈豬的生產〉。

一九三八年　擔任《風月報》日文編輯，於其上發表評論〈文章與生活〉、散文〈先覺者的悲哀〉、小說〈兩個新娘〉。翻譯《可愛的仇人》（作者爲徐坤泉）。

一九四〇年　在《台灣新民報》連載長篇小說〈山茶花〉。於《台灣藝術》發表小說〈辣薤罐〉、散文〈我的自畫像〉與〈吾友張星建氏側寫〉、評論〈台灣文學的將來〉。發表小說〈憂鬱的詩人〉、散文〈檳榔籠〉於《文藝台灣》。

一九四一年　與黃得時等創辦《台灣文學》雜誌。於《台灣文學》發表小說〈藝旦之家〉、〈論語與雞〉；於《台灣時報》發表小說〈部落的慘劇〉；於《文藝台灣》發表散文〈酒是稚氣還是邪氣〉；於《新文化》發表評論〈台灣文化的自我批判〉；於《民俗台灣》發表〈媽祖〉。

一九四二年 發表小說〈閹雞〉、〈頓悟〉、〈夜猿〉、〈地方生活〉於《台灣文學》；發表散文〈地相學〉、〈無救的人們〉於《民俗台灣》。

一九四三年 發表小說〈迷兒〉、散文〈羅漢堂雜記〉、評論〈台灣民謠〉於《台灣文學》；發表散文〈狗本來有角〉、評論〈老娼撲滅論〉於《民俗台灣》。獲頒皇民奉公會文化賞。

一九四四年 於《台灣文藝》發表小說〈泥土的芬芳〉、〈雲之中〉、散文〈增產戰線〉、隨筆〈臨戰決意〉。

一九四六年 於《新生報》發表散文〈寄語台灣青年〉、〈從農村看省參議會〉、評論〈台拓的土地問題〉。

一九六五年 發表〈難忘當年事〉於《台灣文藝》。

一九七二年 完成日文長篇小說〈地に這うもの〉（中譯爲《滾地郎》）。

一九七五年 在日本出版〈地に這うもの〉（中譯爲《滾地郎》）。

一九七六年 由廖清秀譯，出版中文版《滾地郎》。

一九七七年 撰寫長篇小說《從山上望見的街燈》，未能完稿。

一九七八年 過世，享年七十。

風俗民情的能手

張文環有不少小說反映了嘉義梅山山村的生活經驗，他有意把梅山的山村世界，當作台灣社會的縮影來看待，這篇小說雖然沒有明顯指出時空，但大致可推估是作者熟悉的二十年代的山村，一個日本文明已經吹進山村，而山村的價值觀也在改變之中。

小說透過一個讀私塾（書房）的學生阿源的眼睛，來觀看村民們爲了砍伐竹子引發衝突，斬雞頭發誓清白的行徑，刻畫教授「論語」的夫子，如何斯文掃地的搶先撿回被砍頭而丟棄的死雞。寫出了少年阿源幻滅的悲哀，及台灣傳統書房教育式微的種種樣貌。作者花了不少筆墨，描寫傳統私塾教育的細節，家長希望孩子上書房，又擔心先生光收束脩卻偷懶怠惰的矛盾心態。尤其下雨天先生不在，未盡督課責任，任由孩童嬉鬧，一片混亂，家長終於決定領回孩子。過去借功名以求宦途顯達的傳統教育已日漸不受重視，更重要的是「現在連這樣的山裡的小村子，也在高喊日本文明。」在種種客觀條件的限制下，就讀書房的學

童，最大的願望竟是「戴上制帽，操一口流利的『國語』（指日語），好好地嚇唬一下這裡的鄉巴佬們。」雖然是小孩的玩笑話，但隨著日本統治帶來的強勢語言的現象，眞是很明顯了，會講國語（日語）即代表高人一等的想法，已經使天眞孩童傾向接受、模仿日本文化。這種種的描寫，都有意無意的指出：新時代的自由空氣已經吹進了山村，書房教育好像寒風中的殘燭。

作者被認爲是台灣風俗民情作家的能手，在故事一開始就出現村人爲了慶典拜拜，夜間排練陣頭、舞獅的祭典；老人聚在雜貨店前賭錢吃酒，聽學堂先生講三國故事；遇到紛爭，訴諸良心及神明的制裁，似乎一切仍保存原來的傳統漢族社會，村人們的步調生活想法並未因統治者變了而有改變。風俗題材的應用，有的呈現野蠻殘酷，有的體現地方、民族特點的各種傳統生活和生活習慣，張文環的小說風格即屬於第二類，爲作品增色不少，尤其本篇小說最引人

入勝的情節，在於描寫中元時節，村民們爲了偷砍竹子引發言語衝突，爭執不休，最後決定到有應公斬雞頭發誓清白，細節寫得很細膩，書房先生做公證，一大群學生自行尾隨做旁證，陳砍雞一刀，雞頭未斷，鄭再砍一刀，將雞丟下崖下竹林，見證的先生竟跳下崖去撿半死的雞。爲了撿雞，先生忘了斥回一群溜出學堂的學生，爲了忙拔雞毛，撒下學生不管，那一身奮力追雞的窘態，對照前頭經營的道學先生形象，阿源能不因之「感到一種幻滅的悲哀」？這些活潑潑的山村民俗風的描繪，將書房沒落、新文明入侵、成人世界的虛僞、道學先生的失責、貪婪齷齪，以及少年學子對學堂新式教育多樣課程的期待等等，在回溯中從容不迫的帶出來。

小說對小孩子心理、動作的掌握很傳神，如做錯事怕被處罰而撒嬌的情態，先生不在而恣意撒尿的行爲、想脫離父親的掌握以享有自由行動的想法等等。起初阿源對先生有種嚴肅的感覺，只有先生不在時他才能暫時解脫束縛，享受那肆意撒野的快感，這正是阿源想脫離權威的潛在慾望，直到搶雞一事發生，他才脫離權威的壓抑，從原有懦弱性格領悟成長，敢在與父親、叔叔的對話中，說出他心中的不屑。這樣的一個轉變過程，很像青少年成長蛻變的歷程。小說透露的訊息，解讀的角度本來就可以有多面性，這篇小說中被嘲弄的小丑式人物書房先生，其被嘲弄的緣由，應該是他那猥瑣、貪吃的性格吧。爲了臭豆腐和酒，老師也溜課，放著學生不管，爲了飽食一頓雞肉餐，一般人都不願撿食的被咒誓的死雞，他毫不顧形象，跳落崖下爭取。書房先生對食物的態度，呈現了他的怪異，只要與吃有關的事物，他已經無法顧及做爲老師應該有的自律自尊。當然，對處於戰爭末期、物資缺乏的台灣人民來說，（尤其是子曰店沒落，收入拮据的先生）要以自然的態度應付食物、生活也有些困難，作者的這一絲絲嘲諷，並非用以譏笑人物的卑微，背後裡實有著無限的惋嘆同情。

小說發表的時間雖是一九四一年，但並未呈現台灣籠罩在戰爭陰影之下的氛圍，反而省思了台灣傳統書房教育日漸式微的實相，是當時眞實的歷史寫照。日據初期負有延續斯文於一線的傳統書房，至統治末期眞是搖搖欲墜了，作者那無可奈何的心情、淡淡的諷刺、追憶懷舊的情緒，就像「論語」與「雞」不合諧的放在一起，一切的一切都盡在不言之中。